Колобок

Русские сказки

Иллюстрации
Анастасии Басюбиной

ЭКСМО
Москва
2015

КОЛОБО́К

Жи́ли-бы́ли стари́к со стару́хой. Ка́к-то стари́к и про́сит:

— Испеки́, ба́бка, колобо́к!

— Да муки́ нет.

— А ты по амба́ру помети́ да по сусе́кам поскреби́.

Стару́шка так и сде́лала. Наскребла́ муки́ и замеси́ла те́сто на смета́не. Снача́ла скала́ла колобо́к. Пото́м изжа́рила его́ в ма́сле и положи́ла на окно́ студи́ться.

Надое́ло колобку́ лежа́ть. Он пры́гнул с окна́ и покати́лся по доро́жке.

Ка́тится колобо́к, ка́тится...

Бежи́т ему́ навстре́чу за́яц:

— Колобо́к! Я тебя́ съем.

— Не ешь меня́, за́йка! Я те-
бе́ пе́сенку спою́:

Я — колобо́к, колобо́к!
По амба́ру метён,
По сусе́кам скребён,
На смета́не мешён,
В пе́чку сажён,
На око́шке стужён.
Я от де́душки ушёл,
Я от ба́бушки ушёл,
И от тебя́, за́йка, уйду́!

Допе́л свою́ пе́сенку и пока-
ти́лся да́льше. То́лько за́яц его́
и ви́дел.

Катится колобок по лесу...

Вдруг навстречу ему идёт волк:

— Колобок! Я тебя съем.

— Не ешь меня, волчок, я тебе песенку спою.

Запел колобок свою песенку. Только закончил её по-другому:

Я от дедушки ушёл,
Я от бабушки ушёл,
И от тебя, волк, уйду!

Допел свою песенку и покатился дальше.

Катится колобок по лесу. А навстречу ему медведь идёт:

— Колобок! Я тебя съем.

— Не ешь меня, мишенька! Я тебе песенку спою.

Запел колобок ему песенку. Но закончил её иначе:

Я от дедушки ушёл,
Я от бабушки ушёл,
А от тебя, медведь,
И подавно уйду.

И покатился себе по лесу. Мишка только вслед посмотрел.

Катится колобок по лесу, катится... Навстречу ему лиса:

— Здравствуй, колобок! Какой же ты милый!

Начал колобок свою любимую песенку лисе распевать:

Я — колобо́к, колобо́к!
По амба́ру метён,
По сусе́кам скребён,
На смета́не мешён,
В пе́чку сажён,
На око́шке стужён.
Я от де́душки ушёл,
Я от ба́бушки ушёл,
И от тебя́, лиса́, уйду́!

— Кака́я сла́вная пе́сенка! Вот то́лько я слы́шу пло́хо. Ся́дь-ка ко мне на язычо́к да пропо́й мне ещё разо́к.

Колобо́к послу́шался и сел лисе́ на язычо́к. То́лько на́чал петь свою́ пе́сенку, а лиса́ его́ — ам! — и съе́ла.

СЕ́РАЯ ШЕ́ЙКА

Наступи́ла по́здняя о́сень. Все пти́цы на́чали гото́виться в далёкий путь. Ста́рая У́тка о́чень волнова́лась — у неё была́ кале́ка дочь, Се́рая Ше́йка. Весно́й к гнезду́ подкра́лась Лиса́ и схвати́ла утёнка. Ста́рая У́тка бро́силась на врага́ и отби́ла утёнка. Но одно́ кры́лышко оказа́лось сло́манным! И тепе́рь Се́рая Ше́йка не могла́ лета́ть.

Ста́рая У́тка о́чень горева́ла о свое́й до́чери-кале́ке.

— Весно́й вы вернётесь? — спра́шивала Се́рая Ше́йка.

— Коне́чно, вернёмся!

А время летело очень быстро. И вот наступил день отлёта птиц. Утром вся стая разом поднялась вверх. Серая Шейка осталась на реке одна. Ей было грустно и одиноко.

А скоро выпал и первый снег. Серая Шейка была в отчаянии: река почти замёрзла. Безо льда оставалась лишь широкая полынья. Там и плавала наша уточка.

Однажды к берегу пришла Лиса. Та самая — разбойница! Она покалечила крыло Серой Шейке. А теперь мечтала позавтракать бедной уточкой.

— Давненько не видались! — ласково пропела Лиса.

— Уходи! Я не хочу с тобой разговаривать, — ответила Серая Шейка.

Лиса убралась. Но бедная утка поняла: она опять придёт.

Тем временем наступила настоящая зима. Земля покрылась белоснежным ковром. Красота была кругом!

Но Серую Шейку эта красота не радовала. Она понимала, что полынья вот-вот замёрзнет. И ей уже не спастись от лисьих зубов.

Лиса́ пришла́ че́рез не́сколько дней. Она́ хоте́ла схвати́ть у́точку и съесть её. Но не смогла́ подобра́ться к са́мой воде́. Лёд был ещё о́чень то́нок.

Тогда́ она́ сказа́ла:

— Ско́ро полынья́ совсе́м замёрзнет. Я приду́ и съем тебя́!

И Лиса́ начала́ приходи́ть ка́ждый день.

Наступи́вшие моро́зы де́лали своё де́ло. Лёд стал кре́пкий. Лиса́ сади́лась на са́мом краю́ полыньи́ и зло посме́ивалась над у́точкой.

— Уже́ ско́ро я тебя́ съем!

Одна́ко случи́лось вот что.

Утром на берегу реки появился старичок-охотник. Видит: Лиса по реке ползёт. Подползла к самой полынье и улеглась на льду. Стариковские глаза видели плохо. Из-за Лисы он не заметил утку.

Он прицелился и выстрелил. Подошёл старик поближе и увидел — Лисы нет. А в полынье плавает одна перепуганная Серая Шейка.

— А ты почему тут плаваешь? Замёрзнешь ведь!

— Я не могла улететь с другими утками. У меня крылышко сломано...

Старичо́к поду́мал-поду́мал, по-
то́м взял Се́рую Ше́йку и поса-
ди́л к себе́ за па́зуху:

— Подарю́-ка я тебя́ внучка́м.
То́-то они́ обра́дуются! Бу́дут
тебя́ пои́ть-корми́ть до весны́.

ЖУРА́ВУШКА

Жи́ли-бы́ли стари́к со стару́ш-
кой. И не бы́ло у них дете́й.

Одна́жды зимо́й пошёл стари́к
в лес за хво́ростом. Собра́л
огро́мную вяза́нку и хоте́л воз-
враща́ться домо́й. Вдруг слы́шит
крик. Пошёл стари́к на крик.

И вско́ре заме́тил силки́ для
птиц. А в них бьётся краси́вый
бе́лый жура́вль. Отпусти́л его́
стари́к на во́лю. Закурлы́кал
жура́вль и полете́л к горизо́нту.

Ве́чером се́ли старики́ у́жи-
нать. Вдруг слы́шат: кто́-то в
дверь стучи́т. Откры́л стари́к
дверь. А на поро́ге де́вушка.

— Мо́жно мне переночева́ть у вас? — спроси́ла де́вушка.

— Заходи́! — обра́довалась стару́шка. — Поу́жинай с на́ми и на ночле́г остава́йся.

По́сле у́жина ста́ла де́вушка по хозя́йству помога́ть. Старики́ на неё налюбова́ться не мо́гут.

— Как зовут тебя, милая?

— Журавушка.

Утром старики ей и говорят:

— Оставайся с нами жить!

— За доброту вашу я натку
для вас полотна. Но не заходите в комнату, пока я работаю, — сказала Журавушка.

Стáла Журáвушка ткать. А потóм вышла из кóмнаты и показáла свою рабóту старикáм. Такóй красоты они не видели! Ткань, как журавлиный пух. А по ней узóр: журавли летят в облакáх.

Тут раздáлся за двéрью крик.

Это был торго́вец О́та. Он покупа́л у крестья́н тка́ни.

Впусти́ли старики́ торго́вца в дом и показа́ли полотно́.

— Тако́й красоты́ я ещё не ви́дел, — сказа́л торго́вец.

Он дал старику́ золоты́х моне́т, забра́л полотно́ и убежа́л.

Старики обрадовались деньгам. Решили зажить новой жизнью с Журавушкой.

Но торговец вскоре вернулся. Он дал старику много денег и потребовал ещё полотна.

— Будет ему полотно! — сказала Журавушка и ушла ткать.

Но Ота заявился раньше времени.

— Где полотно? — спросил он стариков и распахнул двери к Журавушке в комнату.

Видит: за станком — белый журавль. Он выщипывает клювом у себя пух и ткёт из него ткань... Убежал со страху жадный торговец Ота восвояси.

Утром стали старики звать Жура́вушку. Нет отве́та. Вошли́ они́ в её ко́мнату и уви́дели на полу́ ткань краси́вее пре́жней. А вокру́г журавли́ные пе́рья...

Побежа́ли они́ во двор. Смо́трят: над до́мом кружи́т бе́лый жура́вль. По́нял стари́к — э́то спасённая им пти́ца де́вушкой оберну́лась! То́лько не суме́ли они́ её удержа́ть. Улете́л жура́вль от них навсегда́.

СМОРÓДИНКА

Жилá-былá жéнщина. Былá у неё дóчка Сморóдинка. Едúнственной едóй дóчки бы́ли я́годы сморóдины.

Кáк-то раз дéньги у жéнщины закóнчились. Не на что бы́ло ей купúть сморóдины для дóчки. Пошлá жéнщина искáть сморóдину и нашлá её за стéнами стáрого монастыря́. Пробрáлась онá в монасты́рь и набрала́ мнóго сморóдины.

Тут её увúдела настоя́тельница и стáла укоря́ть за воровствó.

Бéдная жéнщина заплáкала и рассказáла ей о своéй необыкновéнной дóчке-красáвице.

Удивилась настоятельница и предложила женщине отпустить дочку жить в монастырь. Тут смородины много! И стала Смородинка жить в монастыре.

Как-то раз выглянула она в окошко. Видит: по дороге едет на коне королевич с друзьями. Заметил он девушку и остолбенел от её красоты.

— Я хочу на тебе жениться! — крикнул он.

Настоя́тельница испуга́лась: вдруг коро́ль разгне́вается на неё и́з-за своево́лия сы́на.

Ста́ла она́ Сморо́динку руга́ть. А пото́м кри́кнула в сердца́х:

— Оберни́сь же ты я́щерицей! И живи́ в да́льней стороне́.

Зло́е сло́во ска́зано — не воро́тишь! Сморо́динка в я́щерицу и преврати́лась да в да́льней стороне́ оказа́лась.

Прошло́ вре́мя. Коро́ль соста́рился. Реши́л он короле́вство отда́ть сы́ну. Но снача́ла наду́мал его́ испыта́ть.

— Есть у меня́ три жела́ния, — обрати́лся коро́ль к сы́ну. — Испо́лнишь — бу́дешь королём. Вот пе́рвое моё жела́ние. Хочу́ име́ть отре́з тонча́йшего шёлка. И пусть сло́женная ткань сквозь кольцо́ прохо́дит!

Сел короле́вич на коня́ и пое́хал жела́ние отца́ исполня́ть.

Зае́хал он в дрему́чий лес. Спе́шился у ре́чки, сел на валу́н и загрусти́л.

Тут подползла́ к нему́ изумру́дная я́щерка и спра́шивает:

— Что случи́лось у тебя́?

Рассказал ей королевич обо всём. А ящерка и говорит:

— Помогу горю твоему!

Спустилась ящерка в подземные пещеры к паукам. Попросила она их тончайшего полотна наткать. Принялись пауки за работу. Через неделю вернулась ящерка к королевичу и отдала ему это полотно.

Отвёз его королевич отцу. Стал король протягивать полотно. Проходит сквозь кольцо!

А король уже второе желание произносит:

— Найди мне золотой орешек. В нём должна собачка сидеть. А лай её во всём мире должен слышаться!

Поехал королевич в дальнюю сторону. Стал ящерку кликать. Ящерка к нему и приползла.

Рассказал ей королевич про собачку в скорлупке.

— Попробую тебе помочь! — говорит ящерка.

Спустилась она в пещерное королевство к королю гномов. Стала расспрашивать про такое чудо. А король гномов улыбнулся и говорит:

— Подарю тебе эту диковину!

Вылезла ящерка на белый свет с чудо-орешком.

Вернулся королевич домой. Король открыл орешек, а там маленькая собачка сидит. И лай её по всему миру слышен.

А коро́ль уже́ после́днее жела́ние произно́сит:

— Привези́-ка в за́мок са́мую краси́вую неве́сту. Тогда́ и ста́нешь королём!

Пое́хал короле́вич в лес и стал кли́кать я́щерку. Приползла́ к нему́ изумру́дная я́щерка. Рассказа́л ей о́бо всём короле́вич. Я́щерка и говори́т:

— Подними́ меня́ и брось и́зо всех сил о́земь!

— Не могу́ я так поступи́ть с тобо́й! Ты мой лу́чший друг! — говори́т короле́вич.

Да то́лько я́щерка со слеза́ми упроси́ла его́ сде́лать э́то. Тогда́ короле́вич подня́л я́щерку да и бро́сил о́земь!

Смотрит: перед ним стоит красавица из монастыря и улыбается. А потом и говорит ему:

— Настоятельница злым, несправедливым словом превратила меня в ящерицу. Теперь же ты расколдовал меня.

Посадил королевич Смородинку на коня. И помчались они во весь опор в королевство.

Приехали они в королевство. Обнял король сына и говорит:

— Все три моих желания ты выполнил. Показал мне свою удаль и ум. Что ж! Бери корону и становись королём!

Тут же сыграли весёлую свадьбу. И зажили все счастливо и благополучно.

СОДЕРЖА́НИЕ

Колобок : русские сказки/ ил. Анастасии Басюбиной. — Москва : Эксмо, 2015. — 48 с. : ил. —
K 61   (Люблю читать!).

УДК 398.21(=161.1)-053.2
ББК 82.3(2Рос=Рус)-6

ISBN 978-5-699-76423-5

© Разработка, макет, верстка. ИП Мадий В. А., 2015
© Оформление. ООО «Издательство «Эксмо», 2015

Литературно-художественное издание (әдеби-көркемдік баспа)

Для старшего дошкольного возраста (мектепке дейінгі ересек балаларға арналған)

ЛЮБЛЮ ЧИТАТЬ!

КОЛОБОК
(орыс тілінде)

Составление и вольный пересказ *Ирины Котовской*
Художник *Анастасия Басюбина*

Ответственный редактор *В. Карпова*. Дизайн переплета *В. Безкровный*
Художественное оформление серии *И. Сауков*. Корректор *Т. Павлова*

ООО «Издательство «Эксмо».
123308, Москва, ул. Зорге, д. 1. Тел. 8 (495) 411-68-86, 8 (495) 956-39-21.
Home page: **www.eksmo.ru**   E-mail: **info@eksmo.ru**
Өндіруші: «ЭКСМО» АҚБ Баспасы, 123308, Мәскеу, Ресей, Зорге көшесі, 1 үй.
Тел. 8 (495) 411-68-86, 8 (495) 956-39-21
Home page: www.eksmo.ru   E-mail: info@eksmo.ru
Тауар белгісі: «Эксмо»
Қазақстан Республикасында дистрибьютор және өнім бойынша
арыз-талаптарды қабылдаушының
өкілі «РДЦ-Алматы» ЖШС, Алматы қ., Домбровский көш., 3-а», литер Б, офис 1.
Тел.: 8 (727) 2 51 59 89,90,91,92, факс: 8 (727) 251 58 12 вн. 107; E-mail: RDC-Almaty@eksmo.kz
Өнімнің жарамдылық мерзімі шектелмеген.
Сертификация туралы ақпарат сайтта: www.eksmo.ru/certification

Сведения о подтверждении соответствия издания согласно законодательству РФ о техническом регулировании
можно получить по адресу: http://eksmo.ru/certification/. Өндірген мемлекет: Ресей. Сертификация қарастырылған

Подписано в печать 17.10.2014. Формат 70x90$^1/_{16}$. Печать офсетная. Усл. печ. л. 3,5. Тираж 5 000 экз. Заказ 7537.

Отпечатано с готовых файлов заказчика
в ОАО «Первая Образцовая типография»,
филиал «УЛЬЯНОВСКИЙ ДОМ ПЕЧАТИ»
432980, г. Ульяновск, ул. Гончарова, 14

ISBN 978-5-699-76423-5

0+